故宮御貓夜遊記 ⑳

乾清宮的玄鶴

U0108983

常怡 / 著　　小天下 南畔文化 / 繪

中華教育

責任編輯：劉萄諾
裝幀設計：鄧佩儀
排版：鄧佩儀
印務：劉漢舉

乾清宮的玄鶴

常怡 / 著　小天下 南畔文化 / 繪

出版｜中華教育

香港北角英皇道 499 號北角工業大廈 1 樓 B 室
電話：(852) 2137 2338　傳真：(852) 2713 8202
電子郵件：info@chunghwabook.com.hk
網址：http://www.chunghwabook.com.hk

發行｜香港聯合書刊物流有限公司

香港新界荃灣德士古道 220-248 號 荃灣工業中心 16 樓
電話：(852) 2150 2100　傳真：(852) 2407 3062
電子郵件：info@suplogistics.com.hk

印刷｜高科技印刷集團有限公司

香港葵涌和宜合道 109 號長榮工業大廈 6 樓

版次｜2022 年 5 月第 1 版第 1 次印刷
©2022 中華教育

規格｜16 開（185mm x 230mm）

ISBN｜978-988-8807-11-6

大家好！我是御貓胖桔子，故宮的主人。

故宮裏藏着太多的祕密，有關於皇帝的，有關於宮殿的，有關於動物的，也有關於怪獸們的。

乾清宮前面的那對玄鶴，有一隻從來不飛。

甚麼？你說我說錯了，他們是銅鶴，不叫玄鶴？喵，那你肯定沒在夜晚來過故宮。

每當黑夜來臨，月光照到玄鶴身上的時候，你就會看到，他那層斑駁的銅漆慢慢褪去，取而代之的是黑亮的羽毛。

媽媽告訴我：「仙鶴是比我們貓還要高貴的動物。」
可我不知道他們比我們高貴在哪兒。
「仙鶴的品格特別高貴，他們的壽命很長，飛得也
很高。」媽媽說。
我不明白，長壽和飛得高都不算是品格。

4

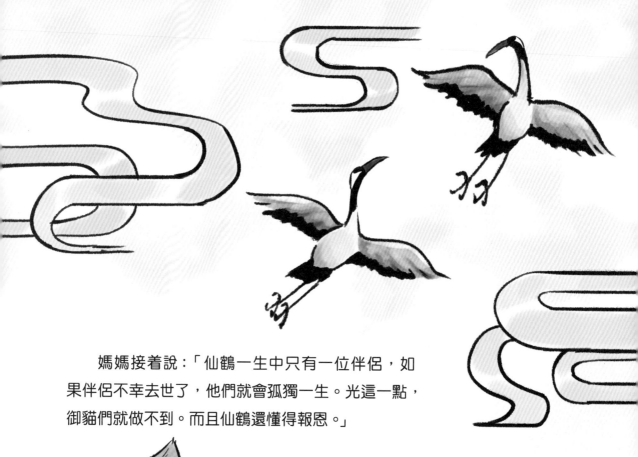

媽媽接着說：「仙鶴一生中只有一位伴侶，如果伴侶不幸去世了，他們就會孤獨一生。光這一點，御貓們就做不到。而且仙鶴還懂得報恩。」

「甚麼叫『報恩』？」我問。
「『報恩』就是別人對你好，你要懂得回報人家。」她說，「曾經有個『玄鶴獻珠』的故事，講的就是有個人收養了一隻被射傷的玄鶴，這個人不僅為他治好了傷，還把他放歸自然。結果，在一天夜裏，那隻玄鶴帶着雌鶴銜着兩顆明珠回來送給這個人，以報答他的恩情。」

我糊塗了，問媽媽：「怎麼講着仙鶴，又提到玄鶴了呢？」

媽媽拍了下我的腦袋說：「傻瓜！仙鶴一千歲時羽毛會變成灰白色，三千歲時全身的羽毛就會變黑，成為神獸玄鶴。」

我捂着腦袋，差點兒被媽媽一爪子拍暈了。

　　故宮裏最有名的玄鶴，就屬太和殿和乾清宮前面的玄鶴了。雖然都是玄鶴，但他們長的樣子卻不大一樣。太和殿前的玄鶴嘴巴微張，尾巴上的羽毛很長，身體也更強壯；乾清宮前的玄鶴總是閉着嘴巴，尾巴短短的，眼神更温柔。媽媽說，那是因為站在太和殿前的是一對雄鶴，而乾清宮前的則是一對雌鶴。

在故宮，月亮特別圓的夜晚，我經常會看到美麗的玄鶴搧動着寬大的翅膀，飛過月光下的琉璃瓦，朝遠方飛去。尤其是太和殿前的那對玄鶴，晚上我路過太和殿，經常會看見他們的石座上空蕩蕩的。

玄鶴們飛得那麼高，沒人知道他們飛去了哪裏。有御貓猜，他們飛去了崑崙山。傳說那座仙山上有一棵神樹，無論誰吃了牠結的果子，都能長生不老。

也有御貓說，他們去了
蓬萊島，那座仙島上有專門
供玄鶴們居住的洞穴。但這
些都只是猜測，玄鶴們從來
不告訴別人，他們晚
上都飛去了哪裏。

當早晨的霞光微微露出來的時候，他們會回到故宮，站到石座上繼續守護着宮殿。陽光會把他們重新染成古銅色，讓他們看起來就像是銅塑像。

但是，乾清宮前的一隻玄鶴卻有點兒不一樣，從來沒有動物看到過她飛。有的時候，連她的同伴——另一隻玄鶴都飛走了，她卻依然站在乾清宮前，遙望着遠方。

關於這隻玄鶴的傳聞可就太多了！

故宮裏年齡最大的御貓花婆婆說，那隻玄鶴是受到了天帝的懲罰才不能飛的。

　　幾百年前，這隻玄鶴愛上了一個年輕的皇家侍衛，便化作人形和侍衛一起逃離了皇宮。後來，侍衛被皇帝抓住，玄鶴為了救自己的愛人，答應皇帝一生一世永遠不離開乾清宮。

　　「好感人哪。喵。」鐘錶館的御貓麵團，聽完這個故事就掉下了眼淚。

　　但是，慈寧宮的烏鴉大黑卻說花婆婆那個故事是瞎編的。玄鶴怎麼可能愛上人類呢？只有他們鳥類才知道那隻玄鶴不能飛的原因，那就是她的翅膀有問題。

「喵，玄鶴的翅膀有甚麼問題呢？」我好奇地問。

「玄鶴的翅膀退化了。呱呱。」大黑回答，「你沒聽說過鴕鳥嗎？鴕鳥長得和仙鶴差不多，他們的翅膀就退化了，所以飛不起來。」

「哦，喵。」嘴裏雖然這麼說，我卻一點兒都不相信大黑的話。那麼多隻玄鶴，為甚麼只有乾清宮前的這一隻翅膀退化了呢？這說不通。

一天夜裏，恰好是滿月，照在琉璃瓦上的月光分外明亮。

晚上吃得太飽，我在院子裏散步。不一會兒就看到三隻黑亮的玄鶴，迎着月亮，飄飄悠悠地飛遠了。

乾清宮前的那隻玄鶴是不是還守在那裏呢？

我好奇地朝着乾清宮前的月台走去。巨大的宮殿前,一隻玄鶴孤零零地站在那裏,她尖尖的嘴巴緊閉着,眼睛眺望着遠方。

「喵，晚上好！」我走過去，
挨着玄鶴腳下的石座坐下來。
「晚上好！野貓先生。」玄鶴
的聲音像清亮的湖水。

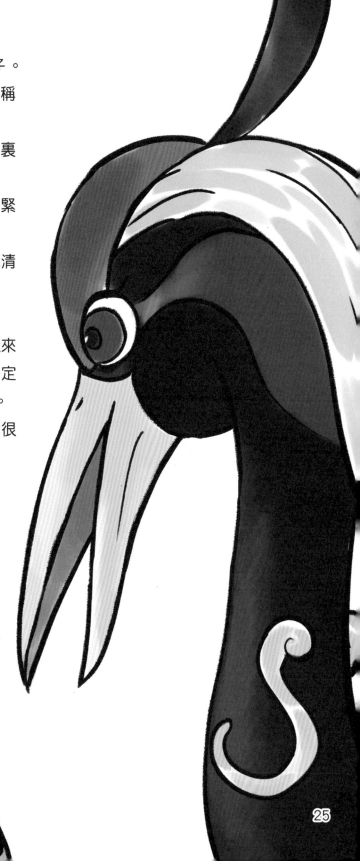

「您……您好！我叫胖桔子。喵。」第一次被一隻神獸如此尊敬地稱呼，我有點兒慌張。

「胖桔子先生，您住在故宮裏嗎？」玄鶴低頭問。

「是的，我住在珍寶館。」我趕緊回答。

「珍寶館哪，我知道那裏，離乾清宮不遠。」

「是的。我經常路過乾清宮。」

「我真羨慕您哪！您可以隨意走來走去，想去哪裏就去哪裏，身體一定很健康吧？」玄鶴的眼睛閃閃發亮。

「是，是呀。身體還不錯。」我很少受到別人表揚，臉都紅了。

「您難道不能走動嗎？」我問。

「可不是，我的身上有傷，走起路來可費勁兒了。」

「喵，您受傷了？」我大吃一驚。

「是呀，就在這兒。」玄鶴用嘴指了指自己的左腿說。

雖說今晚的月光很明亮，但是我還是沒有看清楚玄鶴的腿傷在了哪裏。

「您是怎麼受傷的呢？」

「唉，那是二百多年前的事了。」玄鶴歎了口氣說，「那年夏天，乾隆皇帝去江蘇等地南巡，我擔心他路上有危險，就飛到南方偷偷保護他。沒想到，我被乾隆皇帝當成了奇怪的鳥。他拉開弓，一箭射向我，正好射到我的左腿上，我忍痛勉強飛了回來。從此，我就不能走，也不能飛了。」

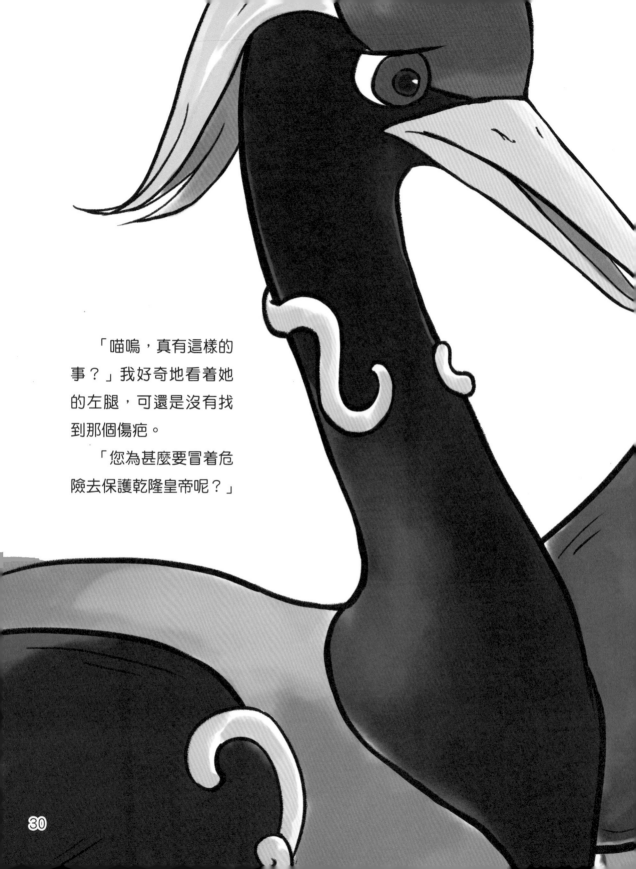

「喵嗚，真有這樣的
事？」我好奇地看着她
的左腿，可還是沒有找
到那個傷疤。
　　「您為甚麼要冒着危
險去保護乾隆皇帝呢？」

「因為他對我有恩哪。」玄鶴回答，「我曾經在晚上偷偷飛到蓬萊島去吃酒仙果，沒想到吃醉了，沒來得及在太陽升起前趕回故宮。別人都勸乾隆皇帝把這件事情告訴天穹寶殿的昊天上帝，讓他懲罰我玩忽職守。但是乾隆皇帝卻沒有這樣做。所以，我一直想報答他。」

「原來是這樣啊。喵。」
　乾清宮前玄鶴的祕密，這麼
容易就被我解開了。我真不愧是
故宮的主人哪！

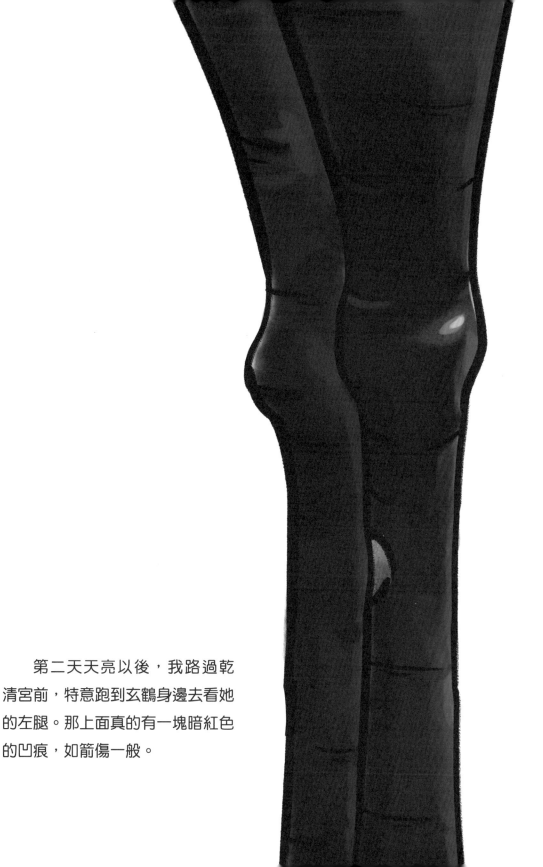

第二天天亮以後，我路過乾清宮前，特意跑到玄鶴身邊去看她的左腿。那上面真的有一塊暗紅色的凹痕，如箭傷一般。

最超凡脱俗的神獸

玄鶴

我有着尖尖的長嘴、細長彎曲的脖子和整齊油亮的羽毛。故宮裏有很多地方都陳設着我的塑像，包括太和殿外、乾清宮、翊坤宮和慈寧宮。這不僅是因為我長相高雅又長壽，還因為古人認為我有着忠貞、高尚的品格。在古代，我是仙風道骨和長壽的象徵。

鶴千歲則變蒼，又二千歲則變黑，所謂玄鶴也。

——崔豹《古今注·鳥獸》

仙鶴一千歲時羽毛會變成青灰色，再過兩千歲羽毛就變成黑色，稱為玄鶴。

故宮裏的大魚缸

為了蓄養金魚，古人研究製造了許多專門的養魚器具。木海是古代養金魚的一種木製器具，為古人養魚提供了容器，唯一的缺點是人們只能從上面俯視觀賞。

（見第1頁）

（見第18-19頁）

堆撥房 宮牆上的「窰洞」

在故宮的東筒子兩側和西河沿東側的紅色宮牆上，有很多禁軍的堆撥。堆撥是滿語「駐兵之所」的意思，是宿衞禁城巡更護軍的值房。這些牆上的堆撥厚度近一米。

皇帝曾在此
玩捉迷藏

老虎洞

老虎洞是皇家建築的一種特有設施，是鎮物，以討吉祥、保太平，通常設置在宮殿的月台丹陛之下。其實用價值在於保護宮殿建築基礎的穩定性。

（見第 22-23 頁）

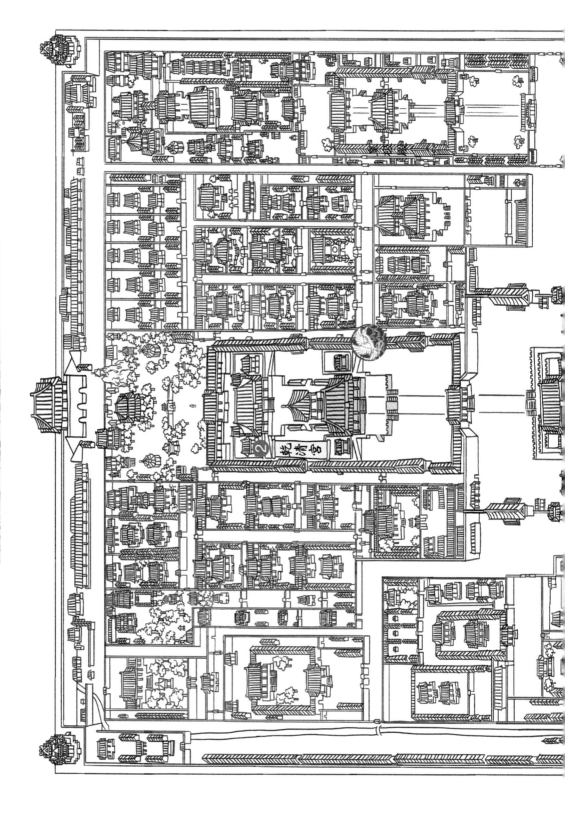

清宮檔案裡的故事 不一樣的紫禁城地圖

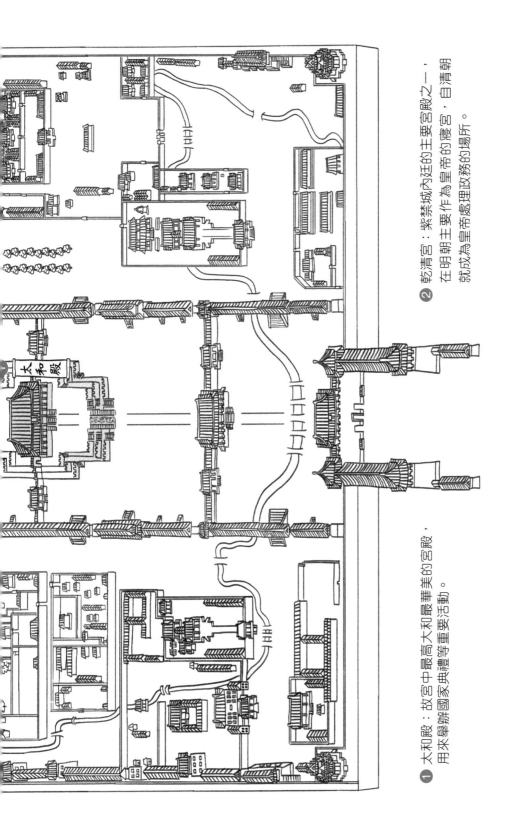

❷ 乾清宮：紫禁城內廷的主要宮殿之一，在明朝主要作為皇帝的寢宮，自清朝就成為皇帝處理政務的場所。

❶ 太和殿：故宮中最高大和最華美的宮殿，用來舉辦國家典禮等重要活動。

常　怡

　　玄鶴是古老的神獸，早在西漢之前的文獻裏就出現了。西晉《古今注·鳥獸》裏記載，仙鶴一千歲的時候會變成灰白色，三千歲時會變成黑色，稱為玄鶴。

　　作為仙禽的玄鶴，牠具有仙人般的魔法，也是長壽的象徵。故宮裏的銅鶴就是牠們的塑像。

　　玄鶴報恩的故事曾出現在干寶的《搜神記》中。一個叫噲（🔵kuài｜🔵快）參的人收養了一隻被人射傷的玄鶴，把這隻玄鶴的傷治好後，就把牠放歸野外。有一天，玄鶴深夜帶着自己的妻子來到噲參的家門口，牠們的嘴裏各銜了一顆寶珠，來報答噲參的救命之恩。

　　乾清宮銅鶴的故事，出自溥儀的自傳，那是他小時候聽老太監們講的。我特意去乾清宮門口看過，銅鶴腿上真的有一處帶紅鏽的「箭傷」。

繪者的話

北京小天下時代文化有限責任公司

　　故事中主要出現了四隻玄鶴。乾清宮前的這兩隻，牠們嘴巴閉着、尾巴更短，身上的羽毛紋飾比較淺，額頭也相對平緩。另外兩隻在太和殿前，牠們尾巴稍長，看上去更修長。所以，我們在創作玄鶴的時候有兩個目標：一是刻畫出這兩處玄鶴的區別；二是盡力表現故事的主角 —— 短尾巴玄鶴的陰柔秀美。

　　故事裏短尾巴玄鶴之所以不能飛，是因為被皇帝射傷了左腿，而更進一步的原因是玄鶴要報恩。你可能對報恩這個詞不太熟悉，其實在日常生活中我們經常會遇到。比如，我們得到別人的幫助時，就會懷着一顆感恩的心，期待在某一時刻能給予對方回報。小朋友，你遇到過類似的感人故事嗎？你是如何向幫助你的人表達感謝的呢？